Arthur Conan Doyle

La Disparition de Lady Frances Carfax

Table des matières

La Disparition de Lady Frances Carfax

« Mais pourquoi cette mode turque ? » s'écria M. Sherlock Holmes en regardant fixement mes souliers.

J'étais en train de me reposer dans un fauteuil, et mes pieds pointant en avant avaient étiré son attention toujours en éveil.

« Ils viennent d'Angleterre, répondis-je un peu étonné. Je les ai achetés chez Latimer, dans Oxford Street. »

Holmes me sourit d'un air patient et las.

« Je parle du bain ! dit-il. Du bain ! Pourquoi aller dans des bains turcs plutôt que de prendre un bain chez soi ?

– Parce que ces derniers jours j'ai senti mes vieilles douleurs rhumatismales. Un bain turc est ce que nous appelons en médecine un dérivatif : quelque chose comme un nouveau point de départ, un assainissement de l'organisme... A propos, Holmes, je suis convaincu que le rapport entre mes chaussures et un bain turc saute aux yeux de tout amoureux de la logique ; néanmoins je vous serais reconnaissant de bien vouloir me le révéler.

– Mon raisonnement n'est pas très compliqué, Watson ! répondit Holmes avec un clin d'œil malicieux. Il appartient à une classe élémentaire de déductions, dont je pourrais vous citer un nouvel exemple en vous demandant qui vous accompagnait ce matin en fiacre.

– Un nouvel exemple n'est pas une explication ! répliquai-je avec une certaine rudesse.

– Bravo, Watson ! Voilà une remontrance pleine de dignité et très logique. Voyons, récapitulons les faits. Prenez celui-ci d'abord le fiacre. Vous remarquerez que vous avez quelques taches ou éclaboussures sur l'épaule et la manche gauches de votre manteau. Si vous vous étiez assis au milieu du fiacre vous n'auriez sans doute pas reçu d'éclaboussures, ou elles auraient été symétriques. Donc vous vous êtes assis sur le côté. Donc vous étiez accompagné.

– C'est l'évidence même.

– D'une banalité absurde, n'est-ce pas ?

– Mais les chaussures et le bain ?

– Aussi enfantin ! Vous avez l'habitude de nouer vos lacets d'une certaine façon. Or, je les vois attachés avec un double nœud compliqué, qui n'est pas dans votre manière. Donc vous avez quitté vos souliers. Qui a noué vos lacets ? Un cordonnier, ou le boy du bain. Il est peu vraisemblable que ce soit le cordonnier, puisque vos souliers sont presque neufs. Que reste-t-il par conséquent ? Le bain. Stupide, n'est-ce pas ? Mais malgré cela, le bain turc est utile à mes projets.

– Comment cela ?

– Vous m'avez dit que vous aviez pris un bain turc parce que vous aviez besoin d'un dérivatif. Je vais vous en suggérer un autre. Que diriez-vous de Lausanne, mon cher Watson ? Voyage en première classe et tous frais de séjour payés à un tarif princier ?

– Ce serait merveilleux. Mais pourquoi ? »

Holmes s'adossa contre sa chaise et tira de sa poche un calepin.

« L'une des plus dangereuses catégories sociales qui existent, me dit-il, est la femme seule qui voyage. Elle est inoffensive, voire utile, mais parfois elle invite au crime. Elle est sans appui. Elle va d'un endroit à un autre. Elle dispose de ressources suffisantes pour vivre à l'hôtel dans n'importe quel pays. Elle se perd la plupart du temps dans un labyrinthe d'obscures pensions de famille. Elle ressemble au poussin égaré dans un monde de renards. Quand elle se fait dévorer, on s'aperçoit à peine de sa disparition. Je redoute fort qu'il ne soit arrivé malheur à Lady Frances Carfax... »

Cette soudaine chute du général au particulier me détendit. Holmes consulta ses notes.

« ... Lady Frances, poursuivit-il, est la seule survivante de la famille directe de feu le comte de Rufton. Vous vous en souvenez peut-être : l'héritage fut dévolu aux descendants mâles. Lady Frances n'obtint que des ressources limitées, soutenues toutefois par de très anciens bijoux d'Espagne, en argent et en diamants curieusement taillés : diamants auxquels elle était attachée, trop attachée sans doute car elle refusa de les confier à son banquier et les transporta à travers le monde avec elle. Figure assez pathétique, cette Lady Frances ! Une belle femme encore fraîche... Et cependant, la suprême épave de ce qui, il y a vingt ans encore, constituait une jolie flotte.

– Que lui est-il arrivé ?

– Ah ! qu'est-il arrivé à Lady Frances ? Est-elle morte ou en vie ? voilà notre problème. C'est une dame d'habitudes régulières ; depuis quatre ans elle a écrit une fois tous les quinze jours à Mlle Dobney, sa vieille gouvernante, aujourd'hui retirée à Camberwell. C'est cette Mlle Dobney qui m'a consulté. Près de cinq semaines se sont écoulées sans un mot. La dernière lettre provenait de l'hôtel National à Lausanne. Lady Frances semble être partie sans avoir laissé d'adresse. La famille est anxieuse et, comme il s'agit de gens extrêmement riches, des crédits illimités sont mis à notre disposition pour éclaircir cette affaire.

– Mlle Dobney est-elle l'unique source de renseignements ? Lady Frances avait sûrement d'autres correspondants !

– Il y a un correspondant, et un seul, Watson, qui soit précis : la banque. Les dames seules doivent vivre, et leurs carnets de chèques sont des agendas concis. Sa banque est la Silvester's. J'ai examiné son compte. L'avant-dernier chèque qu'elle a tiré, a payé sa note d'hôtel à Lausanne, mais il était assez gros, et elle a dû conserver des liquidités. Depuis elle n'a tiré qu'un seul chèque.

– A qui, et d'où ?

– A Mlle Marie Devine. Rien n'indique la provenance du chèque. Il a été payé au Crédit Lyonnais de Montpellier, il y a moins de trois semaines. C'était un chèque de cinquante livres.

– Et qui est Mlle Marie Devine ?

– Je l'ai découvert. Elle était la femme de chambre de Lady Frances Carfax. Pourquoi a-t-elle reçu ce chèque ? Nous ne le savons pas encore. Mais vos recherches éclairciront certainement bientôt ce mystère.

– Mes recherches ?

– D'où cette expédition revigorante à Lausanne. Vous savez qu'il m'est impossible de quitter Londres tant que le vieil Abrahams vit dans une telle terreur. Et puis, d'une manière générale il vaut mieux que je ne quitte pas l'Angleterre. Scotland Yard se sent abandonné quand je m'en vais, et mon absence provoque une excitation malsaine dans les milieux criminels. Vous partirez donc, mon cher Watson, et si un modeste conseil de moi peut valoir le tarif extravagant de *two pence*, le mot, il sera à votre disposition jour et nuit à l'autre bout du fil télégraphique.

* * * *

Le surlendemain j'arrivai à l'hôtel National de Lausanne, où je fus reçu avec de grandes amabilités par M. Moser, son célèbre directeur. Il m'apprit que Lady Frances avait habité l'hôtel pendant plusieurs semaines, et qu'elle avait été appréciée par ceux qui l'avaient rencontrée. Elle était encore belle, et elle avait dû être ravissante quand elle était plus jeune. M. Moser ignorait tout de ses bijoux, mais le personnel avait remarqué qu'une lourde malle dans la chambre de Lady Frances était toujours soigneusement fermée à clef. Marie Devine, la femme de chambre, était aussi populaire que sa maîtresse. Elle venait de se fiancer à l'un des valets de chambre de l'hôtel et j'obtins son adresse sans difficultés : elle habitait Montpellier, 11 rue de Trajan. Je couchai par écrit tous ces renseignements et je me dis que Holmes lui-même n'aurait pas récolté plus adroitement les faits.

Un seul point restait dans l'ombre. Rien de ce que j'avais appris ne pouvait expliquer le soudain départ de la dame. A Lausanne elle était très heureuse. Tout le monde avait cru qu'elle resterait pour la saison dans son luxueux appartement qui faisait face au lac. Et cependant elle était partie un beau jour, sans prévenir d'avance, ce qui l'avait obligée à payer une semaine entière dont elle n'avait pas profité. Jules Vibart, le fiancé de la femme de chambre, fut le seul à me suggérer une hypothèse. Il établissait un rapport entre le brusque départ de Lady Frances et la visite que lui avait faite un ou deux jours auparavant un grand gaillard à barbe noire.

« Un sauvage ! Un véritable sauvage ! me dit Jules Vibart.

Cet homme logeait quelque part dans la ville. On l'avait vu parler avec une ardeur passionnée à Madame pendant une promenade sur le lac. Puis il était venu à l'hôtel. Elle avait refusé de le voir. C'était un Anglais, mais personne ne savait son nom. Immédiatement après, Madame avait bouclé ses malles. Jules Vibart et, ce qui était encore plus important, la fiancée de Jules Vibart, établissait une liaison de cause à effet entre cette visite et ce départ. Il n'y avait qu'un détail sur lequel Jules ne pouvait rien dire : le motif pour lequel Marie avait quitté sa maîtresse. Là-dessus il demeurait bouche cousue. Si je voulais savoir, je n'avais qu'à me rendre à Montpellier et le lui demander, à elle.

Ainsi se termina le premier chapitre de mon enquête. Je consacrai le deuxième à l'endroit où s'était rendue Lady Frances Carfax quand elle avait quitté Lausanne. A ce propos je me heurtai à une énigme. Si elle était partie avec l'intention de brouiller sa piste, pourquoi ses bagages avaient-ils été lisiblement étiquetés pour Baden ? La dame et ses bagages avaient gagné la ville d'eau rhénane par le chemin des écoliers. Je l'appris du directeur local de Cook's. Aussi je me rendis à Baden, après avoir expédié à Holmes un compte rendu de toutes mes démarches, et avoir reçu en guise de réponse un télégramme d'éloges semi-humoristique.

A Baden, il ne fut pas malaisé de retrouver sa trace. Lady Frances était demeurée pendant, une quinzaine de jours à l'Englischer Hof. Durant ce séjour elle avait fait la connaissance d'un docteur Shlessinger et de sa femme : c'était un ménage de missionnaires qui revenait de l'Amérique du Sud. Comme beaucoup de femmes seules, Lady Frances trouvait de quoi s'occuper et se consoler dans la religion. La forte personnalité du docteur Shlessinger, sa dévotion et son dévouement, le fait qu'il relevait d'une maladie contractée dans l'exercice de ses devoirs apostoliques, lui firent grande impression. Il passait ses journées, comme me le raconta le directeur de l'hôtel, sur une chaise-longue placée dans la véranda, avec une dame de compagnie de chaque côté. Il travaillait à une carte sur les Lieux saints, plus particulièrement à l'époque des Midianites, sur le royaume desquels il écrivait une monographie. Finalement, sa santé s'étant rétablie, lui et sa femme avaient pris le chemin de Londres, et Lady Frances avait quitté l'hôtel en leur compagnie. Cela se passait trois semaines plus tôt, et depuis le directeur n'avait eu aucune nouvelle. Quant à la femme de chambre Maris, elle était partie quelques jours auparavant tout en larmes et elle avait averti les autres femmes de chambre qu'elle quittait sa maîtresse pour toujours. Avant son départ, le docteur Shlessinger avait réglé la note de tout le groupe.

« D'ailleurs, me dit pour conclure le directeur, vous n'êtes pas le seul ami de Lady Frances Carfax à s'inquiéter de son sort. Il n'y a qu'une huitaine de jours, quelqu'un est venu pour me poser les mêmes questions.

— A-t-il dit son nom ? demandai-je.

— Non. Mais c'était un Anglais et un Anglais peu banal.

— Un sauvage, n'est-ce pas ? dis-je en reliant les faits à la manière de mon illustre ami.

— Exactement. Voilà le terme qui le dépeint fort bien. Imaginez un type massif, barbu, bronzé ; sûrement il aurait été mieux à sa place dans une auberge de village que dans un hôtel réputé. Un homme dur, farouche. Un homme sur le pied duquel je n'aimerais pas marcher. »

Le mystère commençait à préciser ses contours, telle une silhouette émergeant peu à peu du brouillard. Il y avait cette bonne dame pieuse poursuivie par un individu sinistre et infatigable. Elle le craignait, sinon elle ne se serait pas enfuie de Lausanne. Il l'avait suivie. Tôt ou tard il la rattraperait. L'avait-il déjà rejointe ? Était-ce le motif du silence qu'elle observait ? Est-ce que les braves gens qui l'avaient accompagnée avaient pu la protéger contre la violence de cette brute sauvage ? Quel dessein horrible, patiemment prémédité, présidait à cette poursuite ? Tel était le problème que j'avais à résoudre.

J'écrivis à Holmes pour lui montrer la rapidité et le sérieux avec lesquels j'étais parvenu jusqu'aux racines de l'affaire. En réponse je reçus une dépêche me réclamant une description de l'oreille gauche du docteur Shlessinger. Holmes a toujours eu un sens particulier de l'humour, parfois offensant ; aussi ne me préoccupai-je nullement de cette plaisanterie déplacée. Pour dire le vrai j'étais déjà arrivé à Montpellier à la recherche de la femme de chambre Marie quand son message me parvint.

Il ne me fût pas difficile de retrouver l'ex-femme de chambre de Lady Frances et de lui tirer les vers du nez. C'était une fille dévouée, qui n'avait quitté sa maîtresse qu'après s'être assurée qu'elle la laissait en bonnes mains et parce que la proximité de son mariage rendait inévitable une séparation. Elle m'avoua avec chagrin que sa maîtresse lui avait témoigné une certaine mauvaise humeur pendant son séjour à Baden ; elle l'avait même questionnée une fois comme si elle avait eu des doutes sur son honnêteté ; cet incident avait facilité la séparation. Lady Frances lui avait remis cinquante livres en guise de cadeau de mariage. Comme moi, Marie n'éprouvait que de la méfiance à l'égard de l'inconnu qui avait été la cause du départ de sa maîtresse. De ses propres yeux elle l'avait vu saisir le poignet de Lady Frances avec une brutalité évidente au cours d'une promenade sur le lac. Il avait l'air terrible, féroce. Elle pensait que c'était parce qu'elle le redoutait que Lady Frances avait accepté l'escorte des Shessinger jusqu'à Londres. Jamais elle n'en avait dit un mot à Marie, mais à de nombreux petits signes la femme de chambre avait compris qu'elle vivait dans un état de frayeur constante. Elle en était là de son récit quand elle se leva brusquement de sa chaise ; son visage était bouleversé de surprise et d'effroi.

« Regardez ! s'écria-t-elle. Le mécréant est encore en chasse ! Voilà l'homme dont je parlais ! »

Par la fenêtre ouverte du petit salon je vis un homme de grande taille et au teint basané, barbe noire en avant, qui descendait lentement la rue en regardant les numéros des maisons. Il était clair que, comme moi, il était sur les traces de la femme de chambre. J'agis sous l'impulsion du moment : je me précipitai dehors et je l'accostai.

« Êtes-vous Anglais ? lui demandai-je.

« – Et en admettant que je sois Anglais ? répondit-il avec un grognement de mauvais augure.

– Puis-je vous demander votre nom ?

– Non. »

J'étais dans une situation ridicule, mais les moyens les plus directs sont souvent les meilleurs.

« Où est Lady Frances Carfax ? »questionnai-je.

Il me regarda avec stupéfaction.

« Que lui avez-vous fait ? Pourquoi l'avez-vous poursuivie ? J'insiste pour que vous me répondiez ! »

L'homme poussa un rugissement de colère et me sauta dessus comme un tigre. Je n'étais pas un mauvais lutteur, mais il avait une poigne de fer et la fureur d'un démon. Il m'avait pris à la gorge, et j'allais m'évanouir quand un ouvrier français mal rasé, en blouse bleue, sortit d'un cabaret avec un gourdin à la main et assena à mon agresseur un coup violent sur l'avant-bras : il lâcha prise. Il demeura quelque temps écumant de rage et visiblement il se demandait s'il n'allait pas se jeter à nouveau sur moi quand, en ricanant, il me planta là pour pénétrer dans la villa d'où je sortais. Je me retournai pour remercier mon sauveur qui était resté à côté de moi sur la chaussée.

« Eh bien, Watson ! me dit-il. Vous avez fait un beau gâchis ! Je crois que vous n'avez rien de mieux à faire que de rentrer avec moi à Londres par l'express de nuit. »

Une heure plus tard Sherlock Holmes, dans sa tenue habituelle, étais assis dans ma chambre d'hôtel. Il me fournit l'explication de sa présence aussi imprévue qu'opportune : elle était la simplicité elle-même. Il avait trouvé le moyen de s'absenter de Londres et il avait décidé de me devancer à ma prochaine destination. Déguisé en ouvrier il s'était installé au cabaret en m'attendant.

« Et vous avez mené une enquête singulièrement consistante, mon cher Watson ! me dit-il. Je ne vois pas quelle gaffe vous avez oubliée. Vos démarches se résument à ceci : vous avez alerté tout le monde, et vous n'avez rien découvert.

– Peut-être auriez-vous fait mieux ! répondis-je, vexé.

– Il n'y a pas de peut-être. J'ai fait mieux. Voici l'honorable Philip Green, qui est un compatriote et qui habite dans le même hôtel que vous. C'est de lui que j'attends le point de départ d'une meilleure enquête. »

Sur un plateau une carte nous avait été présentée ; elle fut suivie de l'apparition du même individu barbu qui m'avait malmené dans la rue. Il sursauta quand il m'aperçut.

« Qu'est-ce à dire, monsieur Holmes ? s'enquit-il. J'ai reçu votre billet et je suis venu. Mais en quoi l'affaire concerne-t-elle ce monsieur ?

– Je vous présente mon vieil ami et associé, le docteur Watson, qui nous apporte son concours dans cette affaire. »

L'inconnu me tendit une main énorme, hâlée, et prononça quelques mots d'excuse.

« J'espère que je ne vous ai pas blessé. Quand vous m'avez accusé de lui avoir fait du mal, j'ai vu rouge. Vraiment, en ce moment, je ne suis pas maître de moi. Mes nerfs sont comme des piles électriques. Mais je n'y puis rien. Ce que je voudrais savoir tout d'abord, monsieur Holmes, c'est comment vous avez pu apprendre mon existence.

– Je suis en rapport avec Mlle Dobney, la gouvernante de Lady Frances.

– La vieille Susan Dobney avec le petit bonnet ? Je me la rappelle très bien.

– Et elle se souvient de vous. Cela se passait dans le bon vieux temps, avant que vous ayez préféré partir pour l'Afrique du Sud.

– Ah ! je vois que vous connaissez mon histoire ! Je n'ai pas besoin de vous cacher quoi que ce soit. Je vous fais le serment, monsieur Holmes, que jamais homme sur la terre n'aima une femme d'un plus bel amour que celui que j'éprouvai pour Frances. J'étais un jeune sauvage, je le sais. Pas pire que bien d'autres de mon âge. Mais elle avait l'esprit pur comme de la neige. Elle ne pouvait supporter l'ombre d'une incorrection. Aussi, quand elle apprit certains péchés de ma jeunesse, elle ne voulut plus m'adresser la parole. Et pourtant elle m'aimait : voilà le merveilleux ! Elle m'aima assez pour rester célibataire pendant de longues années par amour pour moi. Quand le temps eut passé et que j'eus fait fortune à Barberton, je pensai que je pourrais la retrouver et l'apaiser. J'avais appris qu'elle ne s'était pas mariée. Je la rencontrai à Lausanne et je fis de mon mieux pour la convaincre. Elle faiblissait, je crois, mais sa volonté était forte ; lorsque je voulus la revoir elle avait quitté la ville. Je retrouvai sa trace à Baden, puis au bout d'un certain temps j'appris que sa femme de chambre était ici. Je suis rude, je sors d'une rude existence, et quand le docteur Watson m'a parlé comme il l'a fait j'ai perdu le contrôle de mes nerfs. Mais, pour l'amour de Dieu, dites-moi ce qu'est devenue Lady Frances Carfax !

– Il nous reste à le deviner, répondit Sherlock Holmes non sans gravité. Où descendez-vous à Londres, monsieur Green ?

« – Au Langham Hotel.

– Alors puis-je vous recommander de rentrer à Londres et de vous tenir prêt à toute éventualité ? Je ne désire nullement encourager de faux espoirs, mais vous pouvez être sûr que tout ce qui peut être fait le sera pour Lady Frances. Maintenant je ne peux rien dire de plus. Je vous laisse cette carte pour que vous restiez en contact avec nous. Watson, si vous voulez faire vos valises, je vais câbler à Mme Hudson pour qu'elle mette les petits plats dans les grands en l'honneur de deux voyageurs affamés qui arriveront demain matin à sept heures trente. »

* * * *

Un télégramme nous attendait à Baker Street. Holmes après l'avoir lu me le remit. Il portait ces trois mots : « Dentelée ou déchiquetée. » Le télégramme venait de Baden.

« De quoi s'agit-il ?

– De l'essentiel, répondit Holmes. Vous vous rappelez peut-être ma question (qui avait un air d'inconvenance) quant à l'oreille gauche du clergyman missionnaire. Vous n'y aviez pas répondu.

– J'avais quitté Baden ; je ne pouvais donc pas me renseigner.

– Très juste. C'est pour cette raison que j'ai posé la même question au directeur de l'Englischer Hof, dont voici la réponse.

– Qu'indique-t-elle ?

– Elle indique, mon cher Watson, que nous avons affaire avec un gaillard particulièrement astucieux et dangereux. Le révérend docteur Shlessinger, missionnaire en Amérique du Sud, est tout simplement Holy Peters, l'un des bandits les moins scrupuleux qu'ait jamais engendrés l'Australie… Et pour un pays jeune, l'Australie a déjà accouché de types parfaitement évolués ! Sa spécialité consiste à séduire les dames seules en pinçant la fibre religieuse, et sa prétendue épouse, une Anglaise du nom de Fraser, est sa digne complice. La tactique utilisée m'a fait penser à lui, et cette particularité physique – car il a été vilainement mordu dans une bagarre de bouge à Adélaïde en 89 – a confirmé mes soupçons. Cette pauvre Lady Frances est entre les mains d'un couple infernal qui ne reculera devant rien, Watson. Sa mort est une hypothèse très vraisemblable. Si elle n'est pas morte, elle se trouve certainement si bien recluse qu'il lui est impossible d'écrire soit à Mlle Dobney soit à ses autres amis. Il se peut qu'elle ne soit jamais arrivée à Londres, ou qu'elle ait traversé la ville, mais d'une part il n'est pas facile de jouer des tours à la police continentale quand on est étranger, et d'autre part ces coquins savent bien que Londres est le meilleur endroit pour enfermer quelqu'un. Tous mes instincts me disent qu'elle se trouve dans Londres, mais comme nous n'avons jusqu'ici aucun moyen de préciser l'endroit, nous n'avons rien de mieux à faire que dîner et nous armer de patience. Dans la soirée j'irai faire un tour et dire un mot à l'ami Lestrade à Scotland Yard. »

Mais ni la police officielle ni la petite organisation très efficace mise sur pied par Holmes ne suffirent pour élucider le mystère. Parmi les millions de Londoniens les trois personnes que nous cherchions étaient aussi invisibles que si elles n'avaient jamais existé. On essaya des annonces personnelles : en vain. Des pistes furent suivies et n'aboutirent nulle part. Tous les repaires des criminels qu'aurait pu fréquenter Shlessinger furent surveillés : inutilement. Ses anciens complices furent surveillés : inutilement. Ses anciens complices furent filés, mais aucun ne s'avisa d'aller le voir. Et puis, brusquement, après une semaine d'attente sans espoir, jaillit une lueur. Un pendentif en argent et brillants d'un vieux style espagnol avait été mis en gage chez Bevington, dans Westminster Road. Le vendeur était, nous dit-on, de grande taille, rasé, avec des manières d'ecclésiastique. Le nom et l'adresse qu'il avait donnés étaient incontestablement faux, comme cela fut vérifié. On n'avait pas remarqué l'oreille, mais dans l'ensemble la description correspondait au signalement de Shlessinger.

A trois reprises notre ami barbu du Langham vint nous voir pour avoir des nouvelles ; la troisième fois moins d'une heure après ce nouvel indice. Son grand corps commençait à flotter dans ses vêtements. Il dépérissait d'anxiété.

« Si seulement vous me donniez quelque chose à faire ! »soupirait-il constamment.

Enfin Holmes put lui rendre ce service.

« Il a commencé à mettre en gage les bijoux. Nous ne tarderons pas à lui mettre la main dessus.

– Mais cela signifie-t-il qu'il n'est arrivé aucun mal à Lady Frances ? »

Holmes hocha gravement la tête.

« En supposant qu'ils l'aient gardée prisonnière jusqu'ici, il est évident qu'ils ne peuvent pas le relâcher : ce serait leur perte. Nous devons nous préparer au pire.

– Que puis-je faire ?

– Est-ce que ces gens vous connaissent de vue ?

– Non.

– Il se peut qu'il se rende chez un autre prêteur sur gages. Dans ce cas il nous faudra recommencer. Par ailleurs il a eu chez le premier un bon prix et on ne lui a rien demandé ; aussi, s'il a des besoins d'argent, il retournera sans doute chez Bevington. Je vais vous donner un mot pour cette maison, et ils vous autoriseront à rester dans leur magasin. Si notre homme survient, vous le suivrez jusqu'à son domicile. Mais soyez discret et, surtout, pas de violence ! Je vous demande votre parole d'honneur de ne rien faire sans m'avertir et que j'y consente. »

Pendant deux jours, l'Honorable Philip Green (c'était, je peux le préciser, le fils d'un célèbre amiral de ce nom qui commandait la flotte de la mer d'Azov pendant la guerre de Crimée) ne nous apporta pas de nouvelles. Le soir du troisième, il se précipita dans notre salon, pâle, tremblant, chaque muscle de sa charpente puissante frémissant d'énervement.

« Nous l'avons ! Nous l'avons ! » cria-t-il.

Dans cette agitation, il était incohérent. Holmes le calma avec quelques paroles, et le fit tomber dans un fauteuil.

« Allons, communiquons-nous maintenant les faits dans l'ordre.

— Elle est venue il y a moins d'une heure. C'était la femme cette fois ; mais le pendentif qu'elle a apporté était la réplique de l'autre. Elle est grande, pâle, avec des yeux de furet.

— C'est bien elle ! assura Holmes.

— Elle a quitté le magasin et je l'ai suivie. Elle a remonté Kennigton Road. Elle est entrée dans un autre magasin. Monsieur Holmes, c'était le magasin d'un entrepreneur de pompes funèbres. »

Mon compagnon sursauta.

« Ensuite ? questionna-t-il de cette voix vibrante qui révélait l'âme sous le masque impassible du visage.

— Elle s'est adressée à la femme qui se tenait derrière le bureau. Je suis entré. « Vous êtes en retard ! » l'entendis-je dire, ou quelque chose comme cela. La femme s'excusa. « Il va arriver d'instant à l'autre, répondit-elle, mais il nous a demandé plus de temps, parce que c'était un modèle spécial. » Toutes deux se sont arrêtées et m'ont regardé. J'ai réclamé un tarif et je suis sorti.

— Très bien ! Et ensuite ?

— La femme est partie à son tour, mais je m'étais caché sous un porche. Ses soupçons avaient été éveillés, je pense, car elle a inspecté les alentours. Puis elle a appelé un fiacre et est montée dedans. J'ai eu assez de chance pour en trouver un autre et la suivre. Elle est descendue au numéro 36 de Poultney Square, Brixton. Je suis allé jusqu'au coin de la place, et j'ai regardé la maison.

— Avez-vous vu quelqu'un ?

— Les fenêtres n'étaient pas éclairées, sauf une à l'étage inférieur. Le store était baissé ; je n'ai rien pu voir à l'intérieur. J'étais là, me demandant ce qu'il me fallait faire, quand un fourgon couvert s'est arrêté ; il y avait deux hommes à l'intérieur. Ils sont descendus, ont sorti un objet du fourgon, l'ont monté sur le perron. Monsieur Holmes, c'était une bière.

— Ah !

— Un moment j'ai été sur le point de me ruer dans la maison. La porte était ouverte pour laisser passer les deux hommes et leur cercueil. C'était la femme qui avait ouvert. Mais comme je me tenais non loin, elle m'a aperçu et je crois qu'elle m'a reconnu. Je l'ai vue tressaillir et elle e refermé la porte en toute hâte. Je me suis rappelé ma promesse et je suis venu vous rendre compte.

— Vous avez fait de l'excellent travail ! dit Holmes en griffonnant quelques mots sur une demi-feuille de papier. Nous ne pouvons rien faire de légal sans un mandat ; vous servirez donc bien notre cause en portant cette note aux autorités et en obtenant le mandat en question. Des difficultés peuvent surgir, mais je pense que la vente des bijoux devrait suffire. Lestrade pourvoira aux détails.

– Mais dans l'intervalle ils peuvent la tuer ! Que signifie cette bière, et pour qui a-t-elle été amenée sinon pour elle ?

– Nous ferons tout ce qui peut être fait, monsieur Green. Nous ne perdrons pas un moment. Reposez-vous sur nous. Maintenant, Watson, ajouta-t-il quand notre client descendit l'escalier quatre à quatre, il va mettre en branle les forces régulières. Nous sommes comme d'habitude des irréguliers et nous exécuterons notre propre plan d'action. La situation me paraît si désespérée qu'elle justifie les mesures les plus extrêmes. Il n'y a pas un instant à perdre pour arriver à Poultney Square... »

Tandis que notre fiacre trottait rapidement le long de la maison du Parlement et franchissait le pont de Westminster, il entreprit de reconstruire l'enchaînement des faits.

«- Nos bandits ont enjôlé cette malheureuse jusqu'à Londres, après l'avoir amenée à se défaire de sa dévouée femme de chambre. Si elle a écrit, ses lettres ont été interceptées. Par l'intermédiaire d'un complice, ils ont loué une maison meublée. Une fois rendue là, ils ont fait de Lady Frances leur prisonnière, et ils sont entrés en possession des bijoux de valeur qui étaient leur objectif depuis le début. Ils ont déjà commencé à en vendre une partie, et ils se croient en sécurité puisqu'ils n'ont aucune raison de penser que quelqu'un s'intéresse au sort de la dame. S'ils la relâchent, elle les dénoncera. Donc il ne faut pas qu'il retrouve la liberté. Comme ils ne peuvent pas la maintenir sous clef indéfiniment, il ne leur reste qu'une solution : la tuer.

– C'est très clair.

– Mais suivons un autre raisonnement. Quand on suit deux raisonnements distincts, Watson, on finit toujours par trouver un point d'intersection où se situe approximativement la vérité. Nous commencerons cette fois non par la dame, mais par le cercueil, et nous raisonnerons à reculons. Cet épisode prouve, je le crains, que la malheureuse est morte. Il indique également un enterrement orthodoxe, accompagné d'un certificat médical et de papiers officiels. S'ils avaient assassiné Lady Frances, ils l'auraient enterrée dans un trou du jardin. Mais ici tout est régulier, public. Pourquoi ? Sûrement parce qu'ils l'ont fait mourir d'une manière qui a trompé le médecin en lui donnant les apparences d'une mort naturelle : peut-être par du poison. Et cependant il est bien étrange qu'ils aient laissé un médecin s'approcher d'elle, à moins qu'il ne s'agisse d'un complice, ce qui est une supposition à peine croyable.

– N'auraient-ils pas pu établir un faux certificat médical ?

– C'est bien dangereux, Watson. Très dangereux ! Non, je ne les vois pas commettant cela. Arrêtez, cocher ! Voici certainement les pompes funèbres, puisque nous venons de passer devant le magasin de prêteur sur gages. Voulez-vous entrer, Watson ? Votre physique inspire la confiance. Demandez à quelle heure a lieu l'enterrement de demain à Poultney Square. »

La femme du magasin me répondit sans hésitation que la cérémonie avait lieu demain à huit heures.

« Vous voyez, Watson : aucun mystère ! Tout au grand jour. Dans un certain sens les formes légales ont été respectées, et ils pensent qu'ils n'ont pas grand-chose à craindre. Bon. Je ne vois rien d'autres à faire qu'une attaque de front. Êtes-vous armé ?

– D'une canne !

– Tant pis. Bah ! nous serons assez forts. Il est armé trois fois celui dont la querelle est juste, dit-on. Nous ne pouvons pas nous permettre d'attendre la police, ni de demeurer sous le couvert de la loi. Vous pouvez repartir, cocher. A présent, Watson, nous allons tenter notre chance ensemble, comme cela nous est quelquefois arrivé dans le passé. »

Il avait sonné à la porte d'une vaste maison obscure au centre de Poultney Square. La porte s'ouvrit aussitôt ; la silhouette d'une femme grande et pâle se profila dans le vestibule faiblement éclairé.

« Qu'est-ce que vous voulez ? demanda-t-elle d'une voix brève en nous dévisageant dans le noir.

– Je désire parler au docteur Shlessinger, répondit Holmes.

– Il n'y a personne de ce nom-là », dit-elle.

Elle essaya de nous fermer la porte au nez, mais Holmes avait glissé son pied dans l'entrebâillement.

« Bien. Dans ce cas je désire parler à l'homme qui habite ici, quel que soit le nom qu'il s'est donné », déclara fermement Holmes.

Elle hésita. Puis elle ouvrit la porte toute grande.

« Entrez ! fit-elle. Mon mari n'a peur de personne au monde. »

Elle referma la porte derrière nous, et nous introduisit dans un petit salon à droite de l'entrée ; elle alluma le gaz en nous quittant.

« Monsieur Peters va venir dans un instant », dit-elle.

C'était exact. A peine avions-nous eu le temps de jeter un regard circulaire sur la pièce poussiéreuse et mangée aux mites que la porte s'ouvrit sur un homme grand, chauve et sans barbe, qui entra d'un pas léger. Il avait une grosse figure rougeaude, des bajoues, et un air de bienveillance superficielle que démentait sa bouche cruelle, méchante.

« Il doit y avoir erreur, messieurs, dit-il d'une voix onctueuse, et je crois que vous avez été mal dirigés. Peut-être si vous essayiez un peu plus bas dans la rue...

– Cela suffit. Nous n'avons pas de temps à perdre ! coupa mon compagnon. Vous êtes Henry Peters, d'Adélaïde, récemment le docteur Shlessinger, de Baden et d'Amérique du Sud. J'en suis aussi sûr que je m'appelle Sherlock Holmes. »

Peters, comme je le nommerai dorénavant, bondit et fixa d'un regard mauvais son redoutable adversaire.

« Votre nom ne m'impressionne pas, monsieur Holmes, répondit-il froidement. Quand la conscience d'un homme ne lui reproche rien, vous ne pouvez pas l'épouvanter, n'est-ce pas ? Quelle affaire vous amène chez moi ?

– Je veux savoir ce que vous avez fait de Lady Frances Carfax, qui est partie avec vous de Baden.

– Je serais bien content si vous pouviez me dire où peut être cette dame ! fit Peters toujours aussi froidement. Elle me doit près de cent livres, et pour s'acquitter de sa dette, elle ne m'a laissé que deux pendentifs en toc qu'un marchand ne voudrait même pas examiner. Elle s'était attachée à Mme Peters et à moi-même pendant que nous étions à Baden... C'est un fait que je portais à l'époque un autre nom. Elle ne nous a pas lâchés jusqu'à Londres. Je lui avais payé son hôtel et son billet. Une fois à Londres elle a disparu et, comme je vous l'ai dit, elle nous a laissé ces vieux bijoux sans valeur pour s'acquitter envers moi. Si vous la retrouvez, monsieur Holmes, je serai bien votre débiteur.

– Je veux la retrouver, dit Sherlock Holmes. Je fouillerai cette maison jusqu'à ce que je l'aie découverte.

– Où est votre mandat ? »

Holmes montra la crosse de son revolver.

« Celui-ci servira en attendant qu'un meilleur arrive.

– Comment ! Mais vous êtes un cambrioleur !

– Si vous voulez ! répondit Holmes gaiement. Mon compagnon est lui un dangereux bandit. Et tous les deux nous allons visiter votre maison. »

Notre interlocuteur ouvrit la porte.

« Va, chercher un policeman, Annie »cria-t-il.

Il y eut un bruit de petits pas féminins dans le couloir ; la porte de la rue s'ouvrit et se ferma.

« Notre temps est limité, Watson ! me dit Holmes. Si vous essayez de nous empêcher d'agir, Peters, il vous arrivera certainement des ennuis. Où est le cercueil qui a été apporté chez vous ?

– Que voulez-vous à ce cercueil ? Il est occupé. Il y a un cadavre dedans.

– Il faut que je voie ce cadavre.

– Jamais avec mon consentement !

– Alors, sans votre permission ! »

D'un geste prompt, Holmes écarta Peters et passa dans le couloir. Une porte était entrouverte. Nous entrâmes. C'était la salle à manger. Sur la table, sous une lampe, le cercueil était là. Holmes tourna le gaz pour donner plus de lumière et leva le couvercle. Au fond de la bière était étendue une forme humaine émaciée. La lumière éclairait un visage âgé et ridé. Aucune cruauté, aucune privation, aucune maladie n'aurait transformé la belle Lady Frances en une aussi misérable épave. Le visage de Holmes manifesta de l'étonnement, mais aussi un soulagement certain.

« Dieu merci ! murmura-t-il. C'est quelqu'un d'autre !

– Ah ! vous vous êtes bien fourvoyé pour une fois, monsieur Sherlock Holmes ! s'écria Peters qui nous avait suivis.

– Qui est cette morte ?

– Si vous tenez à le savoir, c'est une vieille nourrice de ma femme. Elle s'appelle Rose Spender, et nous l'avons retirée de l'infirmerie de l'hospice de Brixton. Nous l'avons amenée ici, nous avons fait venir le docteur Horsom du 13, Firbank Villas... Notez bien l'adresse, monsieur Holmes ! Et elle a été tendrement soignée, autant que peuvent le faire des chrétiens. Trois jours plus tard, elle mourait. Le certificat parle d'affaiblissement sénile ; mais ce n'est que l'opinion d'un médecin et vous, bien sûr, vous vous y connaissez mieux ! Nous avons commandé l'enterrement chez Stimson and Co, de Kennington Road ; la cérémonie aura lieu demain à huit heures. Voyez-vous une faille là-dedans, monsieur Holmes ? Vous avez commis une bêtise énorme, vous feriez mieux d'en convenir. J'aurais payé cher une photo de votre tête ahurie quand vous avez tiré le couvercle : vous

vous attendiez à voir Lady Frances Carfax, et vous n'avez trouvé qu'une pauvre vieille femme de quatre-vingt dix ans ! »

Sous les flèches de son antagoniste Holmes gardait une figure impassible, mais la crispation de ses mains en disait long sur son impatience.

« Je vais fouiller votre maison, dit-il.

— Ah ! vous croyez ? cria Peters tandis qu'une voix de femme et des pas pesants retentissaient dans le couloir. C'est ce que nous allons voir. Par ici, messieurs, s'il vous plait ! Ces individus ont pénétré de force dans ma maison et je ne peux pas m'en débarrasser. Aidez-moi à les chasser ! »

Un brigadier et un agent se tenaient sur le seuil. Holmes tira sa carte.

« Voici mon nom et mon adresse. Et voici mon ami le docteur Watson.

— Dieu me pardonne, monsieur ! fit le brigadier. Nous vous connaissons bien. Mais vous ne pouvez pas rester ici sans un mandat.

— Bien sûr ! Je le sais.

— Arrêtez-le ! cria Peters.

— Nous savons ce que nous avons à faire, dit majestueusement le brigadier. Mais il vous faut partir d'ici, monsieur Holmes.

— Oui. Watson, partons. »

L'instant d'après nous nous retrouvions dans la rue. Holmes avait récupéré son calme habituel, mais je bouillais de fureur et d'humiliation. Le brigadier nous avait suivis.

« Je regrette, monsieur Holmes, mais c'est la loi.

– Exactement, brigadier. Vous ne pouvez pas agir autrement.

– Je suis sûr qu'il y avait de bonnes raisons pour que vous soyez allés chez ces gens-là. Si je peux vous rendre un petit service...

– Il s'agit d'une femme qui a disparu, brigadier. Et nous croyons qu'elle est dans cette maison. J'attends un mandat d'un moment à l'autre.

– Alors je vais surveiller les lieux, monsieur Holmes. Si quelque chose me paraît louche, vous aurez de mes nouvelles. »

Il n'était que neuf heures, et nous reprîmes immédiatement notre chasse. Pour commencer nous nous fîmes conduire à l'hospice de Brixton ; on nous confirma que deux personnes charitables étaient venues quelques jours plus tôt réclamer une vielle femme idiote qui aurait été leur ancienne domestique, et qu'elles avaient obtenu la permission de l'emmener ; la nouvelle de la mort de la vieille n'étonna personne.

Nous nous rendîmes ensuite chez le médecin. Il avait été appelé, il avait trouvé la femme en train de mourir d'affaiblissement sénile ; il avait ensuite examiné son cadavre et il avait signé le certificat légal.

« Je vous assure, nous dit-il, que tout était parfaitement normal et qu'il n'y avait eu aucune tricherie. »

Rien dans la maison ne lui avait semblé suspect ; il s'était seulement étonné que des gens de cette classe sociales n'eussent pas de domestique.

Finalement nous nous dirigeâmes vers Scotland Yard. Des difficultés de procédure avaient été soulevées à propos du mandat. Un léger retard était inévitable. La signature du juge ne pourrait pas être obtenue avant le lendemain matin. Si Holmes voulait venir à neuf heures, il pourrait accompagner Lestrade et assister à l'exécution du mandat. Ainsi se termina la journée, non sans que, vers minuit, notre ami le brigadier vînt nous trouver pour nous dire qu'il avait vu derrière les fenêtres de la grande maison obscure des petites lueurs tremblantes en promenade, mais que personne n'était sorti et que personne n'était entré. Nous ne pûmes que nous armer de patience pour attendre le lendemain.

Sherlock Holmes était de trop mauvaise humeur pour bavarder et trop énervé pour dormir. Je le laissai à sa pipe sur laquelle il tirait sans arrêt ; ses épais sourcils sombres s'étaient rejoints sur une même ligne droite ; ses longs doigts sensibles tapotaient les bras de son fauteuil ; il était en quête de toutes les solutions possibles du mystère. A plusieurs reprises au cours de la nuit, je l'entendis déambuler dans l'appartement. Enfin juste après mon réveil, il se précipita dans ma chambre. Il était en robe de chambre, mais je n'avais qu'à regarder ses yeux creux et la pâleur de son visage pour être sûr qu'il n'avait pas fermé l'œil.

« A quelle heure l'enterrement ? A huit heures, n'est-ce pas ? s'enquit-il brusquement. Il est sept heures vingt maintenant. Grands dieux, Watson, qu'ai-je fait du peu de cervelle dont le Seigneur m'a gratifié ? Vite, mon cher, vite ! C'est une question de vie ou de mort, et les chances pour la mort sont de cent contre une. Si nous arrivons trop tard, je ne me le pardonnerais jamais ! »

Cinq minutes après nous roulions dans un fiacre. Le cocher avait beau fouetter son cheval, il était huit heures moins vingt-cinq quand nous passâmes devant Big Ben, et huit heures sonnaient quand nous descendîmes Brixton Road. Mais tout le monde était en retard. A huit heures dix le corbillard était encore devant la porte de la maison de Poultney Square. Quand notre cheval écumant s'arrêta, le cercueil porté par trois hommes apparut sur le seuil. Holmes se rua au-devant d'eux pour leur barrer le passage.

« Arrière ! leur cria-t-il en posant sa main sur l'épaule du plus proche. Rentrez ce cercueil immédiatement dans la maison !

– Que voulez-vous encore ? Une fois de plus, avez-vous un mandat ? hurla Peters furieux dont la grosse figure rougeade surgit à l'autre bout du cercueil.

– Le mandat est en route. Cette bière restera dans la maison jusqu'à ce qu'il arrive. »

La voix de Holmes était empreinte d'une telle autorité que les croque-morts hésitèrent. Peters s'enfuit dan la maison ; ils obéirent aux nouveaux ordres que lançait Holmes.

« Vite, Watson, vite ! Voici un tournevis... cria-t-il quand le cercueil fut reposé sur la table. En voici un autre pour vous, mon vieux ! Un souverain si le couvercle est levé dans une minute ! Pas de questions ! Au travail ! Bien ! Un autre ! Encore ! Maintenant tirez tous ensemble ! Il cède ! Il vient ! Ah ! enfin ! »

En réunissant nos forces nous étions parvenus à arracher le couvercle du cercueil. Alors s'échappa de l'intérieur une odeur envahissante et nauséabonde de chloroforme. Un corps était étendu, la tête dans des bandes de coton imbibées du narcotique. Holmes, en un clin d'œil, les ôta et dévoila la figure figée d'une jolie femme de quarante ans. Il passa un bras autour du buste et le maintint dans la position assise.

« Vit-elle encore, Watson ? Subsiste-t-il une étincelle de vie ? Non, il n'est pas possible que nous soyons intervenus trop tard ! »

Pendant une demi-heure nous eûmes l'impression que si. Que ce fût sous l'effet des vapeurs de chloroforme ou par suite d'une réelle asphyxie, Lady Frances semblait bien être parvenue au-delà de la limite où l'on pouvait espérer la ramener à la vie. Et puis, enfin, grâce à la respiration artificielle, à des injections d'éther et à tout ce que la science nous suggéra de tenter, une légère buée sur un miroir, un frémissement des paupières nous avertirent que la vie revenait lentement. Un fiacre s'était arrêté dehors. Holmes souleva le store.

« Voici Lestrade avec son mandat, annonça-t-il. Il trouvera ses oiseaux envolés. Et voici... »

Des pas lourds se hâtaient dans le couloir.

« ... Voici quelqu'un qui a beaucoup plus le droit que nous de soigner cette dame. Bonjour, monsieur Green. Je crois que plutôt nous pourrons emmener Lady Frances, mieux cela vaudra. En attendant, la pauvre vieille femme qui est toujours dans la bière peut s'en aller vers le lieu de son repos éternel. »

* * * *

« Si vous consentez à ajouter cette affaire à vos dossiers, mon cher Watson, me dit Holmes ce soir-là, elle devra illustrer cette éclipse provisoire à laquelle peut être sujet l'esprit le plus équilibré qui soit. De telles défaillances sont communes à tous les mortels ; heureux celui qui les reconnaît et les répare. J'ai peut-être quelques titres à revendiquer ce modeste crédit. Ma dernière nuit a été hantée par l'idée que quelque part un indice, une phrase étrange, une remarque curieuse m'avaient frappé et que je les avais trop facilement écartés. Et puis tout à coup dans la lumière grise du matin, les mots me sont revenus en mémoire : il s'agissait de la remarque de la femme de l'entrepreneur de pompes funèbres, telle que nous l'avait rapportée Philip Green. Elle avait dit : « Il va arriver d'un instant à l'autre. Il nous a demandé plus de temps, parce que c'était un modèle spécial. » Elle parlait du cercueil. Un modèle spécial, donc des mesures sortant de l'ordinaire... Pourquoi ? Pourquoi ? Soudain je me rappelai sa profondeur, et la petite forme humaine ratatinée à l'intérieur. Pourquoi une bière si vaste pour un corps si menu sinon pour laisser de la place à un deuxième corps ? Deux corps qui seraient enterrés avec un seul certificat ! tout était parfaitement clair ; mais j'ai eu la vue brouillée. A huit heures Lady Frances allait être enterrée. Notre seule chance consistait à empêcher l'enterrement.

« C'était une bien faible chance pour la retrouver vivante, mais enfin c'était une chance, comme le résultat l'a prouvé. Ces gens, à ma connaissance, n'avaient jamais assassiné. Ils pouvaient au dernier moment reculer devant un vrai meurtre. Ils pouvaient l'enterrer sans que personne ne sût comment elle avait trouvé la mort ; et même en cas d'exhumation ils pouvaient s'en tirer. J'espérais qu'ils avaient réfléchi à tout cela. Vous pouvez assez bien reconstituer la scène. Vous avez vu cette ancre horrible en haut, où la pauvre dame a été si longtemps recluse. Ils l'ont inondée de chloroforme, l'ont descendue, ont ajouté une bonne dose de chloroforme dans le cercueil pour se garantir contre son réveil, et puis ils ont vissé le couvercle. Plan subtil, Watson ! Nouveau pour moi dans les annales du crime. Si nos amis ex-missionnaires échappent aux menottes de Lestrade, je ne serais pas surpris d'apprendre par la suite d'autres exploits non moins sensationnels. »

Toutes les aventures de Sherlock Holmes

Liste des quatre romans et cinquante-six nouvelles qui constituent les aventures de Sherlock Holmes, publiées par Sir Arthur Conan Doyle entre 1887 et 1927.

Romans

* Une Étude en Rouge (novembre 1887)
* Le Signe des Quatre (février 1890)
* Le Chien des Baskerville (août 1901 à mai 1902)
* La Vallée de la Peur (sept 1914 à mai 1915)

Les Aventures de Sherlock Holmes

* Un Scandale en Bohême (juillet 1891)
* La Ligue des Rouquins (août 1891)
* Une Affaire d'Identité (septembre 1891)
* Le mystère de la vallée de Boscombe (octobre 1891)
* Les Cinq Pépins d'Orange (novembre 1891)
* L'Homme à la Lèvre Tordue (décembre 1891)
* L'Escarboucle Bleue (janvier 1892)
* Le Ruban Moucheté (février 1892)
* Le Pouce de l'Ingénieur (mars 1892)
* Un Aristocrate Célibataire (avril 1892)
* Le Diadème de Beryls (mai 1892)
* Les Hêtres Rouges (juin 1892)

Les Mémoires de Sherlock Holmes

* Flamme d'Argent (décembre 1892)
* La Boite en Carton (janvier 1893)
* La Figure Jaune (février 1893)
* L'Employé de l'Agent de Change (mars 1893)
* Le Gloria-Scott (avril 1893)
* Le Rituel des Musgrave (mai 1893)
* Les Propriétaires de Reigate (juin 1893)

* Le Tordu (juillet 1893)
* Le Pensionnaire en Traitement (août 1893)
* L'Interprète Grec (septembre 1893)
* Le Traité Naval (octobre / novembre 1893)
* Le Dernier Problème (décembre 1893)

Le Retour de Sherlock Holmes

* La Maison Vide (26 septembre 1903)
* L'Entrepreneur de Norwood (31 octobre 1903)
* Les Hommes Dansants (décembre 1903)
* La Cycliste Solitaire (26 décembre 1903)
* L'École du prieuré (30 janvier 1904)
* Peter le Noir (27 février 1904)
* Charles Auguste Milverton (26 mars 1904)
* Les Six Napoléons (30 avril 1904)
* Les Trois Étudiants (juin 1904)
* Le Pince-Nez en Or (juillet 1904)
* Un Trois-Quarts a été perdu (août 1904)
* Le Manoir de L'Abbaye (septembre 1904)
* La Deuxième Tâche (décembre 1904)

Son Dernier Coup d'Archet

* L'aventure de Wisteria Lodge (15 août 1908)
* Les Plans du Bruce-Partington (décembre 1908)
* Le Pied du Diable (décembre 1910)
* Le Cercle Rouge (mars/avril 1911)
* La Disparition de Lady Frances Carfax (décembre 1911)
* Le détective agonisant (22 novembre 1913)
* Son Dernier Coup d'Archet (septembre 1917)

Les Archives de Sherlock Holmes

* La Pierre de Mazarin (octobre 1921)
* Le Problème du Pont de Thor (février et mars 1922)
* L'Homme qui Grimpait (mars 1923)

* Le Vampire du Sussex (janvier 1924)
* Les Trois Garrideb (25 octobre 1924)
* L'Illustre Client (8 novembre 1924)
* Les Trois Pignons (18 septembre 1926)
* Le Soldat Blanchi (16 octobre 1926)
* La Crinière du Lion (27 novembre 1926)
* Le Marchand de Couleurs Retiré des Affaires (18 décembre. 1926)
* La Pensionnaire Voilée (22 janvier 1927)
* L'Aventure de Shoscombe Old Place (5 mars 1927)